F. Dittrich

Ueber den Laennec'schen Lungen-Infarktus

Anatiposi

F. Dittrich

Ueber den Laennec'schen Lungen-Infarktus

Unveränderter Nachdruck der Originalausgabe von 1850.

1. Auflage 2023 | ISBN: 978-3-38240-178-8

Anatiposi Verlag ist ein Imprint der Outlook Verlagsgesellschaft mbH.

Verlag: Outlook Verlag GmbH, Zeilweg 44, 60439 Frankfurt, Deutschland
Vertretungsberechtigt: E. Roepke, Zeilweg 44, 60439 Frankfurt, Deutschland
Druck: Books on Demand GmbH, In de Tarpen 42, 22848 Norderstedt, Deutschland

Ueber

den Laennec'schen

Lungen - Infarktus

und

sein Verhältniss zur Erkrankung der

Lungenarterie

von

Dr. F. Dittrich,

o. ö. Professor der medizinischen Klinik.

―――――

Programm zum Eintritt in die medizinische Fakultät
der Friedrich-Alexanders-Universität zu Erlangen.

―――――

Erlangen.
Bei Theodor Blaesing.
1850.

Druck der J. J. Barfus'schen Universitäts-Buchdruckerei.

Der hämoptoische Infarctus des Laennec ist von diesem Meister, so wie von Rokitansky so treffend naturgetreu geschildert worden, dass es nicht in meiner Absicht liegen kann, etwas Neues über den pathologisch-anatomischen Befund dieser Krankheitsform beizufügen. Beide betrachten ihn mit vollem Rechte als Bluterguss (Haemorrhagie) in das Lungengewebe, und vorzugsweise in den Raum der Lungenzellen.

Gegen diese Ansicht trat Bochdalek (in der Prager Vierteljahrsschrift IX. Bd. 1846) mit einer neuen bezüglich des Wesens von der bestehenden abweichenden Erklärung auf, und hielt den Prozess für eine Entzündung desjenigen Theils der Lungenarterie, welcher sich in der erkrankt zeigenden Portion der Lunge verzweigt, und zwar vornehmlich für Entzündung der kleinern und kleinsten Verzweigungen, nicht selten aber auch der Aeste von ½—3‴, ja in seltenen Fällen selbst des Hauptstamms der Lungenarterie. Er wurde zu dieser Erklärungsweise dadurch bestimmt, dass er bei dem Vorkommen solcher Lungeninfarkte die Verzweigungen der Lungenarterie näher untersuchte und die Lumina besonders derjenigen, welche zu dem Infarctus selbst hingehen, mit verschieden gearteten, mehr weniger bluthaltigen Faserstoffpfröpfen ausgefüllt fand. Es gebührt ihm jedenfalls das Verdienst, dass er der Erste war, welcher auf das fast konstante Vorkommen der das Lumen der Lungenarterienzweige ausfüllenden Faserstoffgerinnungen bei Lungeninfarktus aufmerksam gemacht, und dadurch Anregung gegeben hat, dass auf dieser Basis diese Krankheitsform weiterhin erforscht und ergründet wurde. Die weitere Forschung ergab, dass das, was Bochdalek Entzündung der Lungenarterie nannte, nicht als solche angesehen werden könne, indem die Fibrinpfröpfe mit ihrer verschiedenen Farbe, Consistenz und Cohärenz mit der Innenwand des Gefässrohrs, welche Pfröpfe in dem Lumen der Verzweigungen der *Arteria pulmonalis* angetroffen werden, nicht einer Exsudation, von den Wandungen der Arterie in das Lumen derselben gesetzt, ihren Ursprung verdanken, sondern aus der Gerinnung des in diesem Gefässapparate befindlichen Blutes, abgesehen von dem Vorhandensein oder Abwesenheit einer Veränderung in den Häuten der Lungenarterie abgeleitet werden müssen. Für diese Ansicht traten die neuesten Beobachter (Rokitansky, Heule, Virchow u. a. m.) in die Schranken und suchten sie vorzüglich dadurch zu stützen, indem sie nachwiesen, dass die Arterien keiner Entzündung mit Exsudatsetzung in das Lumen derselben in der früher angenommenen Bedeutung fähig sind, dass bei dem Vorkommen von Faserstoffpfröpfen, die das Lumen der Arterie ansfüllen, im Anfange die Arterienhäute völlig normal angetroffen werden, dass die nachfolgende Veränderung in den Häuten sekundär sei, und von der Beschaffenheit des Gerinsels abhänge; ferner, dass das Vorkommen von Fibrinpfröpfen in der Lungenarterie, analog anderer Gerinnungen in andern Arterien oder den Venen in einer Erkrankung des Blu-

tes oder in gewissen bisher nicht genugsam noch auf-
gehellten lokalen Verhältnissen begründet sei. Es wird
als über allen Zweifel stehend betrachtet, dass die
Fibrinpfröpfe, wie sie Bochdalek in den grössern
Lungenarterienzweigen, ja selbst im Hauptstamm dieser
Arterie fand, nicht mit einer Entzündung der Innenhaut
dieses Gefässes im Zusammenhang ist.

Es handelt sich nur noch um die Widerlegung der
eigentlichen Ansicht desselben Schriftstellers, nämlich,
dass vorzüglich die kleinsten und kleinern Lungenarterienzweige beim *Infarctus Laennecii* entzündet sind. Auf
dieser Ansicht fussend erklärt nämlich Bochdalek die
ungleichartigen Granulationen auf der Durchschnitts-
fläche eines solchen Infarktus für Faserstoffpfröpfe,
welche mit geronnenem Blute gemischt, sich aus den
durchschnittenen Gefässzweigen hervordrängen, während Rokitansky die granulirte Textur des hämoptoischen Infarktus aus dem Erguss von Blut in die
Räume der Lungenzellen herleitet, welches Blut die
Lungenzellen bis zu einem gewissen Grade ausdehnt,
und in denselben zu Granulationen gerinnt.

Eine genaue, oft wiederholte Untersuchung des
hämoptoischen Infarktus ergibt, dass die alte Ansicht
von Blutextravasation in das Lungengewebe die rich-
tige ist; denn

1) bei frischen Infarkten finden wir nicht blos Blut
   in Form von Granulationen geronnen im Lungengewebe, sondern auch mehr weniger flüssiges Blut
   zwischen den Granulationen und der nächsten Um-
   gebung;

2) wir finden ferner das flüssige und coagulirte Blut
   auch in den kleinsten und kleinen Bronchien; und
   die Hämoptyse beim Infarktus steht jedenfalls im

1*

innigsten Lokalnexus mit dem Krankheitsprozesse, während die Erklärung des blutigen Auswurfs nach Bochdalek (dass nämlich derselbe wie Blutaustretungen in andern Organen, Milz, Nieren, Herz u. s. w. im 1. Stadium dyskrasischer Entzündungen erklärt werden müsse) sehr hypothetisch und unwahrscheinlich erscheint.

3) Untersucht man sowohl mit freiem Auge, als mit der Loupe und mittelst des Mikroskops auf einem feinen Durchschnitte eines Infarktus den Sitz der Granulation, also die die Granulation einschliessende Höhle und ihre Wände, so lässt es sich nachweisen, dass es keine Gefässwandungen, sondern dass es das zellig elastische Gewebe der Lungensubstanz selbst sei. Einen gleichen Aufschluss gibt ein längeres Auswässern des Infarktus und die während dessen fortwährend angestellte Untersuchung. Virchow gibt gleichfalls an, dass die Autopsie zuweilen grosse Blutgerinsel in den zu dem Infarktus hinführenden Bronchien ergebe, und das Mikroskop deutlich das in den Lungenbläschen enthaltene Extravasat zeige.

4) Beim Druck auf den Infarktus sickert mehr weniger schwarzrothes und mehr weniger flüssiges, zuweilen mit kleinen Krümmelchen gemengtes Blut an verschiedenen Punkten hervor. Diess hat Bochdalek beobachtet, ohne dass er aber eine Erklärung für seine Ansicht der *Arteritis* beifügt. Der Befund selbst spricht einzig und allein für Blutextravasat.

5) Rokitansky's Beobachtung von Zerreissung einer grössern Partie der Lungensubstanz und Bildung einer Cavität in der Lunge, die mit flüssigem

und geronnenem Blute erfüllt ist, kann ich aus eigener Erfahrung bestätigen.

Die Art und Weise so wie der Nexus der Gerinnungen in der Lungenarterie mit dem *Infarctus Laennecii* wird später sichtlich gemacht und näher erörtert werden.

Der ganze Prozess des Laennec'schen Infarktus ist überdiess ein so eigenthümlicher, durch die bekannten von Laennec und Rokitansky genugsam hervorgehobenen Charaktere so ausgezeichneter, dass wohl nicht leicht Jemand mit denen übereinstimmen wird, die ihn als identisch mit Pneumonie bezeichnen. Unter diesen wenigen ist Engel, der ihn durch eine entzündliche Stase oder Entzündung bedingt erklärt und sich dahin ausspricht, dass derselbe als eine Krankheit eigener Art noch nicht nachgewiesen sei. Dabei gibt er aber zu, dass, wenn man Rücksicht nähme auf das von Rokitansky angegebene bedingende Leiden — Erweiterung des rechten Herzens — der Infarct in diesem Falle den mechanischen Stasen anheimfalle, bei denen er für die hohen Grade auch einen Austritt von gerinnendem Blut aus den Gefässen in das Lungenparenchym annimmt.

Von der grössten Wichtigkeit erschien schon von jeher die Frage: wodurch wird dieser Infarctus bedingt, welches ist seine nächste, und welche seine entfernteren Ursachen; ist die Ursache für alle Fälle von Infarctus die gleiche, oder gibt es mehrere derselben; liegt die Ursache in den Lungen, den Lungengefässen, dem Herzen, der Quantität oder Qualität des circulirenden Blutes?

Ich will versuchen, eine auf zahlreiche genaue Beobachtungen gegründete Erklärungsweise zu geben.

In der weit überwiegenden Mehrzahl der

Fälle des Infarctus ist eine Krankheit der Verzweigungen der Lungenarterie die nächste Ursache der Blutung in das Lungengewebe.

Diese Krankheit der Lungenarterie besteht:

1) in einer mehr weniger bedeutenden, ja enormen Erweiterung des Lumens,

2) in einer fettigen Metamorphose der Wände, sowohl der grössern als und vorzüglich der kleinern und kleinsten Gefässe, in andern Fällen

3) in einer Art von schleichendem Entzündungsprozesse, mit Ablagerung eines gerinnfähigen Exsudates, das sich theils analog dem Arteriengewebe umstaltet, theils die fettige Umwandlung eingeht. Durch diesen Entzündungsprozess erscheinen die Wände bedeutend verdickt, die Innenfläche mehr weniger uneben.

Sämmtliche diese 3 Momente fallen in dem bisher noch als räthselhaft und von verschiedenen Autoren verschieden gedeuteten Prozesse zusammen, der eigentlich noch keinen bezeichnenden Namen erhalten hat, trotzdem dass er für den menschlichen Organismus gewiss als einer der wichtigsten und einflussreichsten bezeichnet werden muss. Es ist der Prozess, den Rokitansky seinem Wesen nach als excedirende Auflagerung von innerer Gefässhaut bezeichnet hat.

Es ist hier nicht der Ort, um auf eine Kritik dieser Anschauungsweise einzugehen. Ich gestehe, dass ich diese Ansicht Rokitansky's nicht theile.

Andere und zwar besonders die neuern Kliniker benennen den Prozess kurzweg: „rigide Arterie." Es ist mit dieser Bezeichnung vorzugsweise ein Ausgang, eine Form der Metamorphose benannt, und besonders die Metamorphose zur sogenannten Verknöcherung, wodurch das Arterienrohr in einen soliden, rigiden, gewundenen Cylinder umgewandelt wird. Der Prozess kann in hohen Graden vorhanden, und doch die Arterie mit dem Finger nicht als besonders rigid anzufühlen sein.

Viele Schriftsteller und Aerzte sprechen von einem atheromatösen Prozess. Auch dieser Name bezeichnet blos eine Metamorphose des nach meiner Ansicht in die Arterienhäute abgelagerten Exsudates, nämlich die zu Atherom, zu Fett. Nicht jede Ablagerung geht diese Metamorphose ein. Die Umwandlung zu einem fibroiden Gewebe, zu Kalkplatten u. s. w. wird damit nicht speziell bezeichnet, und doch ist sie so häufig neben der Atherombildung vorhanden.

Piorry betrachtet blos die Einzeltheile des Prozesses als Erweiterung, Erweichung, Verhärtung der Arterien, als Aortengeschwüre, als erdige Ablagerung und Verknöcherung, als Nutritionsfehler, ohne alle diese speziellen Formen in einem einzigen Krankheitsprozesse zu vereinigen; und doch ist gerade diese Einigung und allgemeine, übersichtliche Darstellung des Prozesses wichtiger, als die leicht zu beschreibenden und zu definirenden Formen der Erkrankung.

Lobstein beschreibt gleichfalls die *Arteriosclerose* getrennt von der Verknöcherung und der *Arteriomalacie.*

Am besten wäre es wohl, den Prozess so einfach, wie ich mir ihn denke, als chronischen Entzündungsprozess — *Arteritis chronica* — aufzufassen*),

---

*) Jedoch nicht in dem Sinne von allgemeiner chronischer Ar-

welcher in kürzerer oder längerer Zeit zwischen die
Arterienhäute ein Exsudat in kleinern, selten grösseren
Massen setzt, welches Exsudat unter gewissen nicht
vollständig gekannten Verhältnissen theils

a) sich organisirt, analog den Arterienhäuten sich zu
einem fasrigen, fibroiden Gewebe entwickelt —
Arteriosclerose; theils

b) sich zu Fett umwandelt in Form kleiner Punkte,
Streifen oder erbsenpuréähnlichen Massen — Atherom; theils

c) verkalkt — die bekannte Verknöcherung.

Man nehme keinen Anstoss an dem Namen: „chronischer Entzündungsprozess"; er lässt sich, und sei es
auch nur zu dem Zwecke, um eine allgemeine Ver-
ständigung herbeizuführen, um anscheinend Ungleich-
artiges in einen Hauptprozess zusammenzufassen, inso-
lange rechtfertigen, als wir nicht eine nähere Erkennt-
niss und eine bestimmtere Nomenklatur der versohiede-
nen Anomalien der Ernährungsvorgänge besitzen. Gibt
ja doch Rokitansky in seiner Besehreibung der ech-
ten und unechten Hypertrofie ein naturgetreues tref-
fendes Bild von der Verwirrung, die noch in unsern
Benennungen der Textur-Anomalien sich vorfindet, gibt
er doch selbst bei seiner Eintheilung der Texturver-
änderungen im Allgemeinen in Neubildungen und Zer-
fallen der Gewebe zu, dass selbst die Prozesse des
Zerfallens zum Theile endlich auf eine Neubildung sieh
zurückführen lassen. Ich erwähne diese Unsicherheit
in unseren Bestimmungen desshalb, weil Manche sich
verleitet sehen könnten, den Prozess der fettigen Ent-

---

teritis nach Schönlein (siehe Canstatt's Lehrbuch III.
2 Abtheil. p. 198).

artung der Arterienhäute, wie er oft auf grosse Strekken der Arterien sich ausgebreitet findet, nicht als eine Neubildung anzusehn, sondern ihn als eine Art Involution, Verödung, Ertödtung des fraglichen Gebildes zu betrachten, um so mehr, da er (nach Rokitansky) in dieser Eigenschaft sich sehr häufig mit dem sogenannten Verknöcherungs-, Verkreidungsprozess von Blastemen und Geweben combinirt.

Dieser Fettbildungsprocess — (diese wahre Fettsucht nach Rokitansky) kommt aber so häufig und so exquisit neben einer andern Metamorphose der chronischen Arteritis (der sogenannten *Arteriosclerose*) vor, dass wir gar nicht daran zweifeln, dass einestheils nur graduelle Unterschiede stattfinden, anderestheils es theils lokale theils allgemeine Bedingungen sind, die uns den Prozess bald in dieser bald in jener Form zeigen.

Dieser Prozess im Allgemeinen ist im Aortensystem schon wegen seiner Häufigkeit von frühern Zeiten her bekannt und beschrieben, und seine Wichtigkeit in Bezug auf die Bildung der Aneurysmen und die Entstehung von Hämorrhagien besonders durch Rokitansky's Schilderung trotz seiner eigenthümlichen Ansicht von dem Wesen desselben ins Licht gestellt worden.

Doch was ist der bedingende Grund, was die Ursache dieses Prozesses? Rokitansky gibt uns darüber keinen Aufschluss. Schade, dass in seinem unübertreffbaren Werke eine solche Hypothese vorkommt, wie die, dass die Entstehung dieses Leidens eine eigenthümliche Blutkrase voraussetzt, diese sei vor allem als kardinale die arterielle Crase! Engel hat ihn in dieser Beziehung zuerst mit Recht widerlegt.

Auch Henle hält den Prozess für unerklärt und besonders unerklärlich die vorwiegende Neigung zur Erkrankung, welche einzelnen Regionen des arteriellen Systems
eigen ist, so wie die Immunität gewisser Arterien. Er
meint, dass hierin der Beweis liege, dass von Seiten
des Gefässrohrs irgend ein die Ablagerung begünstigen-
des Moment hinzukommen muss. Nach den Thatsachen
zu schliessen, beruhe dieses Moment nicht im Caliber
der Gefässe, nicht im Ban und der Stärke ihrer Wandungen, nicht in der Entfernung vom Herzen; es er-
eigne sich auch der Prozess nicht vorzugsweise, wie
man von einer dyskrasischen Ablagerung erwarten sollte,
an Stellen, wo die Bewegung des Blutes träger ist, im
Gegentheile seien die Partien, die am häufigsten erkranken, dem Blutstoss am meisten ausgesetzt.

Wenn solche Autoritäten in Beziehung einer so
unendlich wichtigen Sache rathlos sind, so kann man
wohl von uns nicht verlangen, dem Prozesse seinen
dichten Schleier abzunehmen.

Im Verlaufe dieser Zeilen wollen wir uns jedoch
bemühen, wenigstens Eine mögliche Erklärungsweise
mitzutheilen, die auf keine Hypothese gebaut, uns aus
Thatsachen ersichtlich wurde. Möglich, dass sie bei-
trägt, dass der dichte umhüllende Schleier wenigstens
in Etwas gelüftet wird.

Zu diesem Behufe kehren wir zu unserm eigentlichen Thema — zur Erkrankung der Lungenarterie zurück.

Ich muss vorerst bemerken, dass derselbe Prozess,
wie er im Aortensystem gefunden wird, ebenfalls und
zwar in Bezug seiner Qualität, seiner graduellen Ver-
schiedenheiten, seiner In- und Extensität in der Lungenarterie vorkömmt. Ich glaube mir dadurch ein ge-

ringes Verdienst um die Literatur dieses Abschnittes
zu erwerben, wenn ich mittheile, dass

1) die Erkrankung der *Arteria pulmonalis* eine sehr
häufige sei, und dass

2) die Ansichten selbst der besten Schriftsteller darüber unrichtig sind.

Die Autoren, u. a. Crisp, selbst Rokitansky
geben an, dass dieser Prozess ungemein selten im System der Lungenarterie sei. Diesem Ausspruche könnte
ich nur insofern beipflichten, wenn Rokitansky darunter blos die höhern Grade der Erkrankung — die
Arteriosclerose, oder Verknöcherung — versteht; als solche ist sie zwar selten, doch habe ich selbst die *Arteriosclerose* in der Lungenarterie mehr als 10mal gesehen, und zwar entsprechend dem hohen Grade derselben 1mal mit einer gleichförmigen *Arteriestasis,* und 1mal
mit einem Aneurysma des Stammes der Lungenarterie
(welchen Fall Dlauby in der Prager Vierteljahrsschrift
17. Bd. beschrieben hat). Nach Hasse wurden in der
Arter. pulmon. gegen Bichat's Annahme Verknöcherungen von verschiedenen Beobachtern (Carswel) und
auch von ihm 1mal gesehen. Dagegen sind die geringern Grade, namentlich die fettige Entartung der Wände
mit einer fein punktirten fahlen Trübung und Entfärbung
sehr häufig, und es braucht nur eine oberflächliche Untersuchung der Verzweigungen der Lungenarterie, um
sie zu konstatiren. Sie ist trotz des geringen Grades
doch für konsequative Erkrankung der Lungen, wie
später ersichtlich werden wird, sehr wichtig.

James Paget gibt in Betreff der Fettentartung
der Blutgefässe des Gehirns eine gute Beschreibung;
sie passt ganz auf die der Verzweigungen der Lungenarterie. Nach seiner Angabe sicht man, dass im ge-

ringen Grade kleine schwarz gerandete glänzende Partikelchen gleich Oelmolekülen dünn und unregelmässig in den Wänden der Gefässe zerstreut sind. Diese Veränderung findet man in Capillaren und Aesten von $1/150''$. Mit dem Fortschreiten der Krankheit nehmen die Oelpartikelchen an Masse zu, bis die normale Struktur kaum zu erkennen ist, bis die Kerne und Fasern sich verlieren, und bis die Blutgefässe gleich Röhren erscheinen, von einer homogenen durchsichtigen, dicht mit Fetttheilchen durchsetzten Membran. Er hält für den Sitz dieser Ablagerungen die mehr weniger entwickelte quer gestreifte Haut oder bei kleinen Gefässen die alleinige gekörnte Membran.

Bei meinen darüber angestellten Untersuchungen unter dem Mikroskope konnte ich keine bestimmte Arterienhaut erkennen, die Faserung war blässer, undeutlich, hie und da mit sehr feinen staubförmig granulösen hellen oder dunklen Pünktchen besetzt, oder aber schillernde sehr feine Tröpfchen rosenkranzförmig aneinandergereiht, in 3—4 Reihen, dann wieder zu grössern unregelmässigen Partien zusammenfliessend. Oft ist das ganze Sehfeld mit diesen Molekülen und Tröpfchen wie besäet. —

Bizot fand unter 120 Individuen nur bei 10 geringe Grade der atheromatösen Erkrankung, welche in kleinen, wenig vorragenden gelben Flecken bestanden.

Ueber das Vorkommen dieser verschiedenen Grade der Erkrankung der Lungenarterie lässt sich manches bis jetzt Unbeachtetes mittheilen:

Eine grosse Hauptreihe dieser Erkrankung bieten die Fälle von organischen Herzfehlern, besonders Fälle von Hypertrofie und Erweiterung der rechten Herzhälfte, und unter diesen vorzugsweise das

Krankheitsbild, wie es bei Stenose und Insufficienz der 2zipfligen Klappe gefunden wird, und jedem Kliniker und pathologischen Anatomen bekannt ist. Die bedeutende mechanische Stase des Blutes vor dem Hindernisse der Circulation im linken Herzen hat als nächste Folge wohl die, dass die blutführenden Canäle vor dem Hindernisse bei einer bestimmten Quantität des Blutes bedeutend erweitert werden müssen. Diese Erweiterung sieht man nicht blos am Lungenvenensack, sondern auch an den Lungenvenen, exquisit jedoch an dem Stamme und Verzweigungen der Lungenarterie. Untersucht man nun eine solche Lunge bei einem derartigen Herzfehler, so kann man sicher sein, dass die Wände der *Arteria pulmonalis* von dem Prozesse der chronischen Arteritis mehr oder weniger ergriffen sind, dass man nicht blos eine fettige Erkrankung der Häute, sondern auch die *Arteriosclerose* in verschiedenen Graden antreffen wird.

Fragt man nach der Art und Weise des Zusammenhangs zwischen der Erweiterung und der Entartung der Wandungen der Arterie, so ist es leicht ersichtlich, dass die Erweiterung vorhergeht, und die *Arteritis chronica* nachfolgt, ja dass letztere in der erstern die bedingende Ursache anerkennen muss. In Folge der fort und fort andauernden und zunehmenden mechanischen Stase nimmt nicht nur die Erweiterung der kleinern und grössern Gefässe in der Lunge zu, sondern es gesellt sich nothwendiger Weise auch eine Erweiterung mit Massenzunahme des rechten Herzventrikls dazu, dass dieser letztere vermittelst seiner kräftigern Contraction, vermittelst der erhöhteren Anstrengung, das Hinderniss der Cirkulation zu überwinden und das Blut wo möglich durch die Lunge zu treiben, einigen ja einen bedeutenden Einfluss auf die Lun-

genarterie auszuüben vermag, wer könnte es bezweifeln;
der Einfluss wird sich in so fern geltend machen, dass
die Lungenarterie durch die fort und fort mit Gewalt
aus dem Ventrikel herausgetriebene Blutmenge noch mehr
erweitert, ja ihre Wände durch diesen fortwährenden
Impuls von Seite der rechten Herzkammer noch mehr in
einen chronischen Entzündungszustand versetzt werden.

Es entsteht die Frage: reicht die alleinige, allmählig
sich steigernde Erweiterung der Lungenarterie in Folge
des in übermässiger Quantität sich vor der Lunge an-
sammelnden Blutes durch die mechanische Stase hin,
um die Erkrankung der Wände zu erklären; oder ist
zur Entstehung dieser Erkrankung noch das Moment
nothwendig, dass das Blut von Seite des rechten Herzventrikels stossweise mit mehr Kraft in das sich dadurch erweiternde Gefäss eingetrieben werde, dass die
Arterienwände durch diesen fortwährend stattfindenden
ja bei allmäliger Hypertrofie des rechten Ventrikels sich
verstärkenden Stoss einen andauernden Reiz erfahren,
und so einem chronischen Entzündungsprozesse ausgesetzt werden. Die letztere Frage muss nach meiner Meinung jedenfalls unbedingt bejaht werden; die Beweise
dafür lassen sich noch durch andere Momente ergänzen:

- 1) Wie liesse es sich sonst erklären, dass die Lungenvenen, welche doch näher dem Hindernisse der
 Cirkulation (der Stenose des linken venösen Ostium)
 liegen, welche gleichfalls einen hohen Grad von
 Erweiterung erfahren, dass diese Lungenvenen
 frei bleiben von der oben angegebenen Erkrankung
 der Wandungen. Ich habe den Prozess der chronischen Arteritis nie, auch nur in geringen Graden allhier wahrgenommen. Das Blut fliesst dafür
 auch in diesem Gefässabschnitte continuirlich, durch

keine merklichen Stösse von Seite der Herz-
kammercontraktion in Bewegung gesetzt. Und
doch ist es gerade arterielles Blut, während in der
Lungenarterie, die dieser Erkrankung so häufig
ausgesetzt ist, venöses strömt. Es ist ferner klar,
was man von dem Umstande zu halten hat, der
zum Beweise benützt wurde, dass die Ablagerungen in den Arterienhäuten aus dem vorbeiströ-
menden Blute depouirt werden, der Umstand nämlich, dass sie fast stets und ausschliesslich in dem
Theile des Gefässsystems vorkommen, der arterielles Blut führt, und dass man dem arteriellen
Faserstoff eine besondere Neigung sich auszu-
scheiden und an die innere Gefässwand anzulegen
zuschreibt. Schon Tiedemann hat diese Be-
weisführung nicht anerkannt; und sie zerfällt auch
wirklich nach dieser obigen Betrachtung in Nichts.

2) Gehen wir zum linken Vorhofe, welcher die Höhle
darstellt, die unmittelbar vor der stenosirten Klappe
gelagert ist, so finden wir — was bisher noch nirgends gewürdigt wurde — die Erkrankung der
Wände nicht nur in geringen, sondern in etwas
selteneren Fällen auch in den höhern Graden, ja
selbst als eminente Verknöcherung derselben. Es
lässt sich diese Erkrankung bei der oft enormen
Erweiterung aus der stossweise erfolgenden selbst-
ständigen Contraction des meist zu hohen Graden
hypertrofirten Vorhofes und aus der Fortpflanzung
des Stosses auf die Wände desselben leicht erklären.

Ich erinnere mich in mehrern Fällen von Stenose des linken *ostium venosum* und enormer Hypertrophie und Erweiterung des linken Vorhofes, bei

einer bedeutenden Verdickung der Innenwand des Vorhofes durch den chronischen Entzündungsprozess ähnliche particlle Trübungen und Verdickungen in den anstossenden Theilen der einmündenden Lungenvenen gesehen zu haben. Es ist wohl mehr als wahrscheinlich, dass diese durch dieselbe oben angegebene Ursache hervorgebracht wurde, d. h. dass die dem Blute mitgetheilte stossweise Bewegung von Seite der Vorkammercontraction sich bis in die Lungenvenen rückwärts fortgepflanzt habe.

3) Das seltene Vorkommen dieses Prozesses in den Venen gibt wichtige Aufschlüsse über dessen Entstehung. Es reicht auch hier das Moment der Erweiterung nicht hin, um den Prozess in den Venenwänden zu erzeugen, wohl aber ist es eine bekannte Thatsache (Rokitansky), dass die Ablagerungen in der Vene gewöhnlich in hohem Grade Statt finden, wenn z. B. beim *aneurysm. varicosum* arterielles Blut in dieselbe einströmt. Nicht das arterielle Blut ist's nach meiner Meinung, welches den Prozess in den Venenwänden hervorruft, sondern bei der gleichzeitig stets vorhandenen Erweiterung des Lumens das stossweise Einströmen des Blutes. —

Die oben angegebene Erkrankung der *Arter. pulm.* beim Vorhandensein einer Stenose des linken venösen Ostium findet sich in niedern und höhern Graden nicht blos bei alten Individuen, sondern ebenso häufig in der Pubertät, im Jünglings- und mittlern Mannesalter. Es ist bekannt, dass besonders bei jüngern Individuen in solchen Fällen von Herzkrankheit die Aorta auffallend eng, klein, ihre Wände dünn, zart, elastisch und vollkommen dem kleinen Aortenventrikl entsprechend an-

getroffen wird, so dass es scheint, als ob die Aorta
gleichsam in ihrer Entwicklung gehemmt wird, da eine
verhältnissmässig geringe Blutmenge durch den Aorten-
ventrikel ausgetrieben wird.

Wie reimen sich diese Thatsachen mit dem Ausspruche Rokitansky's, der da sagt: „Der Auflage-
„rungsprozess ist ungemein selten im System der Lun-
„genarterie. Ist er hier vorfindig, so ist er immer auch
„im Aortensystem und zwar in beträchtlichen Graden
„zugegen."

Wir haben oben schon angedeutet, dass der Prozess der chronischen Arteritis, welcher der Bildung
der spontanen Aneurysmen zu Grunde liegt, in der
Lungenarterie in seltenen Fällen gleichfalls diesen Ausgang nehmen, diese Form darstellen kann. Doch wirklich sind die Fälle von aussergewöhnlicher Seltenheit.

Der Fall von Dlauhy in der Prager Vierteljahrsschrift betrifft einen 27jährigen Techniker mit Stenose
des linken *Ostium venosum*. Die Erkrankung der *Arter.
pulm.* so wie die Aneurysmabildung muss natürlich in
den oben angegebenen Momenten gesucht werden.

Dem Alter des Individuums, so wie der Art des
Herzfehlers entsprechend war die Aorta auffallend eng,
zart und glatt.

Wie reimt sich dieser Fall mit dem Ausspruch Rokitansky's, der da sagt: „Das Aneurysma des Lun-
„genarterienstamms ist wohl nie anders als mit gleich-
„zeitiger zu Aneurysma disponirender Erkrankung des
„Aortenstamms oder mit einem Aneurysma in diesem
„selbst vorhanden."

Es wäre dem Anscheine nach eine verdienstliche
Arbeit, die sparsamen in der Literatur zerstreuten Fälle
von Aneurysma der Lungenarterie durchzusehen, um

sich zu überzeugen, dass der oben angegebene Ausspruch von Rokitansky sich nicht bestätigt, ja nicht bestätigen kann.

Ich habe (bei dem Mangel einer nur etwas vollständigen medizinischen Bibliothek in der Hauptstadt Prag) nur wenig Fälle näher durchgesehen, aber sie sind so unvollständig beschrieben, dass man zu keinem Resultate gelangen kann; selbst in dem von Skoda (in seiner Abhandlung über Perkussion und Auskultation) veröffentlichten Falle von Aneurysma bei einem 43jährigen kräftig gebauten Mann fehlt die Angabe der Beschaffenheit des linken Vorhofes, der Beschaffenheit der Aortenhäute u. s. w. Die Häute der aneurysmatisch erweiterten Lungenarterie zeigten dieselben Veränderungen, wie man sie bei Aneurysmen der Aorta findet; und es gewährt ein hohes Interesse, in der Beobachtung zu lesen, dass die beiden Hauptäste der *Art. pulmon.* an ihrem Ursprunge aus dem Aneurysma bis auf den Durchgang einer Rabenfederspuhle verengert waren (ganz analog den Verengerungen der grossen Hauptäste der Aorta bei einem hohen Grade von Erkrankung der Häute oder bei Aneurysmen). Die Mitralklappe hatte durch Verdickung des freien Randes an einigen Stellen ihre normale Beschaffenheit verloren, doch konnte nicht mit Bestimmtheit angegeben werden, ob sie im Leben insuffizient war. Der rechte Ventrikel war etwas hypertrofirt und erweitert, der linke normal. —

Anmerkung. Für die klinische Beobachtung wäre es wichtig, zu konstatiren, ob in Folge des Uebergreifens des krankhaften Prozesses des Lungenarterienstammes auf den Klappenapparat eine Insuffizienz der Semilunarklappen des rechten Herzens auf eine ähnliche Weise entsteht, als wie im linken Herzen von der

Aorta her. Ich weiss mich auf keinen Fall zu erinnern, doch scheint Chevers derlei Fälle beobachtet zu haben.

Es soll hiemit nicht geläugnet werden, dass die Erkrankung der *Art. pulmon.* nicht auch neben einer ähnlichen, selbst hochgradigen Metamorphose der Häute des Aortensystems vorkommen könne, doch stehen beide nicht in einem nothwendigen Zusammenhange. Wird z. B. ein 60jähriges Individuum, dessen Arterienhäute eminent rigid sind, von Endocarditis der Mitralklappe befallen, entwickelt sich in Folge derselben Stenose des linken venösen Ostium, so treten bei einer bestimmten vorhandenen Blutmenge sicher die consequtiven Erscheinungen dieser Klappenkrankheit auf, und mit diesen nothwendiger Weise eine ähnliche Erkrankung im System der Lungenarterie. Doch ist mit Obigem nachgewiesen worden, dass die Erkrankung der *Art. pulm.* unabhängig und ohne irgend einem Nexus mit einer ähnlichen Erkrankung der Aorta vorkomme.

Nachdem wir in dem Gesagten (speziell in dem Krankheitsbilde einer Stenose des linken venösen Ostium und deren consequtiven Erscheinungen) die Art und Weise der Erkrankung der *Art. pulm.* und ihre ursächlichen Momente hervorgehoben haben, bleibt uns nur noch übrig, auf die Folgen aufmerksam zu machen, welche mit einer derartigen Erkrankung der Lungenarterie einhergehen. Eine dieser Folgen ist so häufig, so gekannt, und liegt der Erklärung so nahe, dass man staunt, wie dieselbe in ihrem Zusammenhange noch nirgends gehörig aufgefasst ist. Diese Folge der Erkrankung der *Arter. pulm.* ist Morschwerden, Brüchigsein, leichtere Zerreisslichkeit, Zerreissung der capillären und kleinen Verzweigungen und Blutung ins Lungengewebe = der *Infarctus haemoptoicus Laennecii.*

Bisher wurde zur Erklärung dieser Blutung vorzüglich das Moment: die Hypertrophie der rechten Kammer des Herzens in Anschlag gebracht. Rokitansky sagt: „Diese *Apoplexia pulmonum* ist es ganz vorzüg-„lich, die so häufig mit einem Zustande aktiver Erwei-„terung des rechten Herzens zusammentrifft, und man „muss darin allerdings ein für die Pathogenie wichti-„ges Verhältniss erkennen, ähnlich dem, das zwischen „dem Gehirnblutfluss und den aktiven Erweiterungen „des linken Herzens Statt findet."

Für eine grosse Anzahl von Fällen haben wir das Mittelglied zwischen der aktiven Herz-Erweiterung und der *Apoplexia pulmonum* in der Erkrankung der Lungenarterienhäute aufgefunden und angegeben.

Hasse bemerkt bei der Besprechung des Verhältnisses der Herzhypertrophie zur Apoplexie, dass dem Herzleiden jedenfalls ein begünstigender Einfluss zur Entstehung von Hirnapoplexie zugeschrieben werden müsse, und dass Bouillaud als lokale Disposition die Verknöcherung und atheromatöse Erkrankung der Hirnarterien aufgefunden habe. Für die Lungen, meint Hasse, muss man sich allerdings nach andern Bedingungen umsehen. Es wäre dem oben Gesagten zufolge nicht nothwendig gewesen.

Engel meint: „es ist möglich, dass die Lungen-„kapillargefässe im höhern Alter auch in der Weise „erkranken, wie dies bei den Hirn- und Hirnhautgefäs-„sen der Fall ist, und dass auch hiedurch der Grund „zu Lungenapoplexien gelegt werde; nachweisen konnte „ich jedoch eine solche Krankheit nicht." — Man sieht, wie nahe Engel dem Ziele war, und wie es nur einer genauen Untersuchung der grössern und kleinern

Lungenarterienäste bedurft hätte, um es zu erreichen. Es ist übrigens, wie aus unserer Darstellung ersichtlich ist, das höhere Alter nicht allein, das diese Arterienerkrankung und die Lungenapoplexie bedingt.

Paget, der überhaupt für die Krankheiten der Lungenarterie, besonders für die darin vorkommenden Gerinnsel das Meiste mitgetheilt hat, gibt an, dass sich nämlich in einigen Zweigen der *Arter. pulm.* kleine körnige Ablagerungen einer gelben fettigen Substanz finden, welche Krankheit übrigens sehr häufig besonders in den Zweigen der 2., 3. und 4. Ordnung finde, dass diese Affektion nicht immer gleichzeitig im Aortensystem in merklichem Grade auftrete, übrigens die Funktionen des Gefässrohrs nicht materiell beeinträchtige, und selten in sogenannte Ossifikation übergehe. (Med. chir. Transact. 1844.)

Die Beschaffenheit der Lungensubstanz bei Klappenfehlern des linken Herzens (in specie des linken venösen Ostium) hat Virchow in seinem Archiv besonders von Seiten der wiederholten Blutaustretungen und der Metamorphosen derselben treffend geschildert, jedoch nirgends dabei eine Erwähnung gethan von der Erkrankung der *Arter. pulmon.*, und doch ist dieselbe constant, zum Bilde der sogenannten Hypertrophie der Lunge innig gehörig, und bei dem ersten besten Schnitt in die Lunge augenfällig. —

*   *   *

Die Erkrankung der *Arter. pulmon.* in der oben bemerkten Weise mit ihrer Folge als Lungenblutung (Infarctus) steht jedoch nicht immer mit organischen Herzkrankheiten, in specie mit aktiver Erweiterung des rechten Herzventrikels in Verbindung, sondern kommt auch ohne eine Krankheit des Herzens, ja selbst mit Kleinheit des Herzens vor.

Es bilden daher eine zweite Reihe dieser Erkrankung des Systems der *Art. pulm.* diejenigen Fälle, welche eine Atrophie der Lunge darbieten, im merkwürdigen Gegensatze zur ersten Reihe, wo, wie bekannt, mit einem Herzfehler, namentlich mit Stenose des linken venösen Ostium fast konstant Hypertrophie der Lunge (Skoda) verbunden ist.

Diese 2te Reihe von Fällen hat wieder die entsprechende Analogie in der Gehirnblutung in Gehirnen, welche an spontanem oder wie immer bedingtem Schwunde (Atrophie) leiden.

Es scheint in der Lunge mit den Gefässen besonders den kleinen und kleinsten Verzweigungen der Lungenarterie dasselbe Statt zu finden, wie bei den Gefässen der Hirnsubstanz.

Die Atrofie der Lunge, sei es als *Atrofia senilis* oder als vorzeitige Involution des Parenchyms ist nicht nur mit einer gleichzeitig entstehenden Erweiterung der kleinern und grössern Bronchien kombinirt, sondern sie hat in ihrem Gefolge stets eine mehr weniger auffallende Erweiterung der Gefässe. Diese Erweiterung geht jeder krankhaften Veränderung der Wände der Arterienzweige vorher; während ihrer Entstehung werden die Wandungen der letzten allmählig dünner. Dass diese Erweiterung die Folge ist des Schwundes des um die Gefässe liegenden Lungenparenchyms, des Schwundes des Zellgewebsbettes, in dem die Gefässe verlaufen, (die Gefässe werden dann den Hirngefässen ähnlich, die keine zellige Scheide besitzen) ist im hohen Grade wahrscheinlich, und man könnte sich denken, dass die Erweiterung der Gefässe dann die Bedeutung habe, den durch die Resorption des Lungengewebes entstandenen Raum gleichsam in Etwas auszufüllen und zu ersetzen.

Bei der auf diese Weise gesetzten Erweiterung und Verdünnung der Wände der Lungenarterienzweige finden wir, allmählig hie und da in den Wänden leichte partielle Trübungen und Verdickungen auftreten, die jedenfalls die Folge eines von der Natur eingeleiteten chronischen Exsudationsprozesses zu sein scheinen, welcher den Zweck hat, das allmählige Dünnerwerden durch neue Ablagerung zu stützen und die Zerreissung zu verhindern. Dass es dennoch hie und da zur Zerreissung der kleinern Gefässe und zur Lungenblutung komme, liegt in der Natur der Sache, um so mehr, als hier noch ein anderes wichtiges Moment hinzutritt, nämlich, dass ein grosser Theil der Capillargefässe der Lungenarterie, welche die Netze um die Lungenzellen bilden, während dem Verschwinden der einzelnen Lungenzellen und dem Zusammenfliessen zahlreicher zu einem ungleichförmig durchlöcherten Strickwerk gleichfalls verödet und gänzlich verschwindet. Der rückbleibende Theil der Capillaren und kleinern Gefässe, welche der Lungenfunktion noch vorsteht, und das auf so viele kleine Gefässe vertheilte Blut nun allein auf sich nimmt, und es durch die Lunge hindurchzuführen sucht, wird dadurch nothwendigerweise erweitert werden müssen, und mit der Erweiterung treten die übrigen Folgen bis zur Zerreissung ein. —

Dass das Herz, auch wenn es normal gross oder selbst kleiner ist, durch die Contraktion der rechten Kammer und durch Mittheilung des Stosses auf das Blut in den Lungengefässen, und auf die Wände derselben nicht ohne Einfluss auf die Entstehung einer zu der

Erweiterung sich hinzugesellenden Erkrankung der Häute
der Lungenarterie sein mag, lässt sich schon daraus
beurtheilen, dass der Herzstoss früher sich auf unendlich viele Capillargefässe in der Lunge vertheilend, bei
eingetretener und fortschreitender Atrofie der Lunge
sich nur auf ein gewisses viel kleineres Quantum von
Gefässen vertheilt, diese daher den Stoss vom rechten
selbst normalgrossen oder kleinen Ventrikel so stark
empfinden, als wie, wenn wir einen Vergleich wagen,
die sämmtlichen Lungengefässe von einem eminent hy-
pertrophischen und erweiterten rechten Herzventrikel.

Bei dieser Reihe von Fällen der Erkrankung der
Arter. pulm., welche letztere jedoch nie einen hohen Grad
erreicht, hat man sehr gewöhnlich eine meist weiter gedie-
hene Erkrankung der Häute des Aortensystems zu beobachten. Doch ist diese Combination nur zufällig, oder wenigstens nur in dem vorgerückten Alter solcher Individuen
begründet. Ein anderer Nexus lässt sich nicht nachweisen, schon desswegen, da unter andern Verhältnissen
z. B. bei Abwesenheit der Atrophie der Lunge, auch
die Frkrankung der *Art. pulm.* fehlt, trotzdem, dass in
diesem Alter das Aortensystem hohe Grade des Krank-
seins darbietet.

Wir sehen somit auch bei dieser 2ten Reihe der
Fälle von Erkrankung der Lungenarterie und der Entstehung von Lungenblutung die zwei Hauptmomente
wirksam: die Erweiterung des Arterienlumens und das
mehr weniger heftigere stossweise Einströmen des Bluts
in das Gefässrohr.

* * *

Eine 3te Reihe von Fällen stellt gleichsam eine
Mittelstufe zwischen den ersten 2 Reihen dar: es ist

das chronische Lungenemphysem mit konsequutiver Erkrankung des Herzens in Form aktiver Erweiterung des rechten Abschnittes. Bei dieser Krankheitsform erscheint für das Zustandekommen der Erkrankung der Lungenarterie als lokale Bedingung nicht nur der Schwund des Lungenparenchyms, die Verödung eines grossen Theils der Lungenkapillargefässe, sondern auch die nicht selten enorme Hypertrophie desjenigen Herzventrikels, welcher durch seine vermehrte Contraction in gleicher Weise wirkt, wie es bei der ersten Reihe von Fällen angegeben wurde, wo diese Hypertrophie durch ein Leiden der Mitralklappe bedingt war. Dass die Lungenblutung bei Emphysem natürlich nur in denjenigen Partien stattfinden kann, die nicht oder doch nur in geringem Grade emphysematös sind, versteht sich von selbst; dass sie aber hier bei den oft hohen Graden der Gefässerkrankung wirklich erfolge, habe ich nicht gar so selten beobachtet. Die Erklärung derselben hat dem Gesagten zu Folge keine Schwierigkeit.

* *
*

Eine 4te Reihe von Fällen kommt äusserst selten zur Beobachtung. Diese gehören mit unter die interessantesten und in ihrer Wesenheit wenig aufgeklärten. Sie stellen nämlich eine Combination von hochgradigem Lungenemphysem und einem Klappenfehler des linken Herzens (Stenose des linken *Ostium venosum*) dar. Die Klappenveränderung besteht nicht blos in einer geringen Trübung und Verdickung des freien Mitralklappenrandes, sondern in einer bedeutenden Stenosirung des Ostiums.

Statt der konsequutiven Hypertrophie der Lunge fin-

det sich als Ausnahme von der Regel eine enorme Erweiterung der Lungenzellen. Dass für die Erklärung der
Erkrankung der *Art pulm.* hier Auswahl von Ursachen
genug ist, ergibt sich von selbst. Dafür sah ich auch
diese Erkrankung der Arterie im höchsten Grade. Einer
von diesen seltenen Fällen ist der schon erwähnte von
Dlauby beschriebene. Er gewährt dadurch ein um so
grösseres Interesse *).

* * *

Nachdem wir in diesen Reihen von Krankheitsfällen
besprochen haben, auf welchen Verhältnissen die Lungenblutung als sogenannter Infarctus, und auf welchen
Verhältnissen ihr ursächliches Moment — die Erkrankung der Lungenarterie — beruht, so lässt sich wohl
mit Recht die Frage aufwerfen, ob zur Entstehung
einer Lungenblutung die Erkrankung der Verzweigungen der Lungenarterie jederzeit nothwendig erscheine,
oder ob es nicht auch Apoplexien der Lunge gebe, bei
welchen an den Gefässen keine sichtliche Veränderung
ihrer Wandungen, noch eine Erweiterung derselben
nachgewiesen werden kann.

Wir können das Vorkommen solcher Haemorrhagien
nicht längnen, um so weniger, da es ja bekannt ist,
dass auch im Gehirn, selbst bei jungen, kräftigen Individuen, im Verlaufe von Convulsionen, Fiebern, bei

---

*) Es ist wohl nur ein Druckfehler, wenn in der Beschreibung
der Lungen daselbst (S. 121) es heisst, dass sich ein exqui-
sites vesculär-interlobuläres Emphysem vorfand. Wir ver-
binden bekanntlich mit dem Namen: interlobuläres Emphysem
einen andern Begriff, und schliessen diese beiden Formen von
Emphysem gegenseitig sogar aus.

Schwangern u. s. w. lethale Blutungen eintreten können, und man bei ihnen noch nicht eine derartige Veränderung der Gefässwände vorauszusetzen gewohnt ist, vermög welcher sie brüchiger, mürber, leichter zerreisslich u. s. w. geworden sind.

Bei der Lunge müssen diese Fälle jedenfalls zu den seltenern zu rechnen sein. Ihre Erklärung ist dann dieselbe, wie die ähnlichen Blutungen im Gehirn; nämlich, sie entstehen durch Hyperaemien. Diese letzteren können einen verschiedenen Charakter haben: sie bedingen aber in jedem Falle eine wenn auch nur vorübergehende Erweiterung der Gefässe, die sich bei besonderer Heftigkeit zur Zerreissung derselben steigern kann. Durch welche Momente diese Hyperaemien herbeigeführt werden, liegt freilich noch im Dunkeln, und die verschiedensten Hypothesen z. B. die von einem Zustand krankhafter Expansion des Blutes lassen bisher wenig verlässliche Schlüsse zu. —

Wenn Rokitansky nach Erwägung der Umstände, unter denen es zur Hirnblutung kommt, annimmt, dass sich als nähere Bedingungen derselben im Allgemeinen Hyperaemie, übermässig kräftige Herzaktion und Gefässkrankheit herausstellen, die alle einzeln oder in Verbindung mit einander zu einem gewissen Grade gediehen zur Zerreissung der Gefässe führen, so glauben wir nach dem bisher Mitgetheilten dieselben Bedingungen auch für die Lungenblutungen aufstellen zu dürfen, und damit die Identidität der Ursachen für Hirn- und Lungenblutungen nachgewiesen zu haben. — Wir haben bei dieser ganzen Erörterung absichtlich nicht jener Lungenblutungen erwähnt, die in Folge von traumatischer Einwirkung auf den Thorax entsteht, die im Gefolge von Pneumonien zum Theil das haemorrhagische

Exsudat konstituirt, die auftritt in Folge von Corrodi-
rung kleiner oder grösserer Gefässe durch Eiter, Jauche,
schmelzende Tuberkelmasse u. s. w. Ueber die Ursachen
dieser Blutungen ist man schon längst im Reinen. —

Die durch einfache Hyperaemien bedingten Blutungen sind weniger begrenzt, mehr diffus, das extravasirte Blut wird meist schnell wieder resorbirt oder durch
die Bronchien entfernt. Es kommt daher bei denselben
fast nie zu dem Krankheitsbilde, das man unter *Infarctus
Laennecii* versteht. Dieser entsteht fast nur bei den
oben angegebenen 4 Reihen von Krankheitsfällen, also
stets in Folge einer Erkrankung der *Art. pulm.*

Nachdem wir die Ursachen und die bedingenden
Momente der Lungenblutung, und *in specie* des Laennec'schen Infarctus berührt haben, bleibt uns nur noch
übrig, das Verhältniss auseinanderzusetzen, das
zwischen dem Infarctus und den obturirenden
Gerinnungen in der Lungenarterie obwaltet.

Dass letztere nicht die Bedeutung der Entzündung
der *Arter. pulm.* in dem Sinne haben, als würde das Exsudat auf die freie Innenfläche des Arterienrohrs ab-
gesetzt, haben wir schon am Eingange angedeutet.
Diese obturirenden Gerinnungen sind wirklich in der
überwiegenden Mehrzahl der Fälle von Laennec's
Infarctus vorhanden, erscheinen bald blos auf den zu
dem Infarctus hinführenden Ast der *Arter. pulm.* be-
schränkt, bald ausgebreitet auf mehrere Aeste, endlich
selbst auf den Arterienstamm, der für die ganze Lunge
bestimmt ist, ja sie reichen in Form eines Kegels oder
Kolbens auch bis in den gemeinschaftlichen Hauptstamm
der *Art. pulm.* Dass sie somit eine wichtige Theiler-
scheinung des Infarctus sind, ja dass der Infarctus dadurch lethal wird, wird wohl Niemand bezweifeln. —

Ist der Infarctus frisch, so findet man dem entsprechend auch die Blutgerinnung in der Lungenarterie noch frisch d. h. sie ist mehr weniger locker im Gefässrohr, nur hie und da an der Innenwand des Gefässes anliegend, oder locker angeklebt, noch leicht loslösbar, ohne eine Spur einer frischen entzündlichen Veränderung in der Gefässwand selbst; — oder man findet die nahe am Infarctus befindliche Gerinnung schon ans Gefäss fest angeklebt, und die entferntere Partie der Gerinnung noch frei und lose. Dauert der Infarctus durch mehrere Tage oder noch länger, so zeigen sich die Gerinnungen schon so mit der Innenwand des Gefässes verbunden, dass eine Trennung derselben nur schwer oder gar nicht möglich ist. Bei dem Versuche einer gewaltsamen Trennung wird dann meist ein Stratum der Gefässwand mit der Gerinnung abgezogen. Die weiteren Metamorphosen der Gerinnung hat man nicht gar so häufig zu sehen Gelegenheit; eine vollständige Obliteration des betreffenden Astes der *Arter. pulm.* mit gleichzeitiger Verödung des betreffenden Stücks des Lungenparenchyms habe ich nur in einigen wenigen Fällen beobachtet. Auf eine eitrige Metamorphose der Gerinnung weiss ich mich nicht zu erinnern, die Bedingung zu dieser Umwandlung, die meist im koagulirten Blute selbst liegt, fehlt auch in den meisten Fällen von Infarctus.

Die Frage, auf welche Weise die Gerinnungen in der *Art. pulm.* beim Infarctus sich bilden, ist bereits mehrmals aufgetaucht und mehrmals beantwortet worden. Schon Bouilland führte die Obliteration der Arterie auf eine Obstruktion des Lungenparenchyms durch das extravasirte und geronnene Blut zurück.

Paget rechnet sie mit Recht zu den sekundären Gerinnungen und gibt folgenden Grund an:

Aus der Anordnung der Verzweigungen der *Arter. pulm.*, zwischen denen keine Anastomose anderswo als in den feinsten Verzweigungen Statt findet, folgt, dass bei jeder Hemmung des Blutlaufes in den Capillaren eines Lungenstücks das Blut in allen den Blutgefässen, aus denen jene Capillaren entspringen, stagniren, koaguliren und sich sonst verändern muss. Diese Bedingung ist besonders in der *Apoplexia pulmon.* gegeben. Hier finden sich die Gerinsel meist nur in den Zweigen, in denen die Cirkulation gehemmt ist, zuweilen aber erstrecken sie sich weiter und die apoplektische Effusion steht dann mit dem Umfang der mit *Coagula* vollgefüllten Gefässe in keinem Verhältniss.

Auch Virchow huldigt dieser Ansicht, und erklärt die Gerinnungen in der Lungenarterie als einen sekundären Vorgang, als das Resultat des gestörten Capillarkreislaufes. Nach seiner Meinung muss die Unmöglichkeit des Eindringens von Blut in die Capillaren natürlicher Weise auf die Arterie wie eine Ligatur wirken, und die Gerinnungen in der Richtung nach dem Herzen zu müssen als Thrombusbildungen vor der verschlossenen Capillarpartie ganz nach den gewöhnlichen Gesetzen der Thromben nach Ligaturen erklärt werden. Durch allmähliges Fortschreiten der Gerinnung folgt endlich eine mehr oder weniger grössere Verstopfung selbst der grössern Verzweigungen, analog wie von den obliterirenden Gerinseln des *Ductus arter. Botalli* uns bei Neugebornen sich Fortsetzungen in der Aorta bilden, die endlich zu kompleter Obliteration führen.

Ich stimme im Ganzen mit dieser Erklärungsweise der Gerinnungen in der *Arter. pulm.* beim Infarctus überein, kann jedoch die Eigenthümlichkeit nicht unbemerkt lassen, warum gerade beim Infarctus sich diese Obturationen der Gefässe fast konstant vorfinden, und warum nicht auch bei andern krankhaften Prozessen in der Lungensubstanz, die gleichfalls mit einer Unwegsamkeit des Gewebes also auch der capillaren Gefässe einhergehen z. B. bei Pneumonie.

Es kommen wohl auch hier nicht selten Gerinnungen in den zu den luftleeren, hepatisirten Partien der Lunge hinführenden Gefässen vor, doch in dem Grade, der Ausdehnung, in der Art und Weise der völligen Obturation, in der Art der Anlegung und Verschmelzung der Gerinnung mit der Innenwand des Gefässes, wie beim Infarctus, sucht man sie vergebens.

Es muss daher noch ein anderes Moment zur Entstehung der Gerinnungen beim Infarctus Einfluss haben, doch welches? lässt sich nur schwer nachweisen. Ich möchte glauben, dass uns die Erkrankung der Wände der Lungenarterie auch hierüber Aufschluss geben dürfte, schon desswegen, weil, je exquisiter diese, desto exquisiter der Infarctus, und desto exquisiter gemeinhin die Obturation der Gefässe. Ich weiss mich auf Fälle genau zu erinnern, wo Infarctus ohne Obturation der Lungenarterienzweige vorgekommen, wo aber auch die Erkrankung der Häute derselben eine kaum nachweisbare oder sehr geringe gewesen ist.

Liegt die Ursache vom obigen Nexus des Infarctus und der Gerinnung nicht vielleicht darin, dass bei der Disposition der Lungenarterienzweige zur Zerreissung in Folge der Erkrankung ihrer Wände nicht blos die die Wände der Lungenzellen umkleidenden capillaren Gefässe, sondern auch die kleinern Gefässe mehr oder weniger weit vor dem Capillarnetz zerreissen? Durch eine solche Zerreissung der kleinern Gefässe werden nicht nur das eigentliche Lungenparenchym mit den Lungenzellen, sondern auch die Lumina der kleinern Gefässe vom austretenden Blute schnell erfüllt, obturirt; das Blut gerinnt, und von hier kann sich die Gerinnung dann viel leichter nach dem schon oben angegebenen Vorgange in die grössern Zweige erstrecken.

Bei Exsudationsprozessen in die Höhlen der Lungenzellen *(Pneumonie)*, welche stets mehr oder weniger hämorrhagische Produkte liefern, bei denen daher stets eine Zerreissung der kleinsten Haargefässe stattfinden mag, scheinen blos die Capillaren betheiligt zu sein; und es mag in der eigenthümlichen Vertheilung der feinern Aeste und Aestchen der Lungenarterie, der Endigung der *Arter. bronchiales* (die nach Haller und Reisseisen an der Bildung der Endnetze der *Arter. pulm.* Antheil nehmen) und dem Beginne der *Venae pulmon.* die Ursache zu ergründen sein, warum nicht bei jeder Obturation des Lungengewebes in den zu dieser Partie hinziehenden Verzweigungen der Lungenarterie so ein wichtiger und einflussreicher Gerinnungsprozess stattfindet, wie wir dies beim Infarctus zu beobachten Gelegenheit haben.

Ich will mit der obigen Andeutung nur die Fachmänner auffordern; über diesen interessanten Punkt nähere Untersuchungen anzustellen, in der festen Ueberzeugung, dass die Aufhellung dieses Punktes gewiss noch viel Licht auf andere krankhafte Vorgänge, besonders im Gefässapparate verbreiten wird. Die Theorie von Norman Chevers über das Vorkommen der Blutcoagula in den Lungenarterienästen in Association mit Lungenapoplexie widerlegt sich dem Gesagten zu Folge.

Er glaubt Folgendes: In der grossen Mehrzahl der Fälle von Lungenapoplexie wird die *Arter. pulm.*, die lange Zeit eine ungewöhnliche Dehnung aushalten musste, endlich doch gereizt und entzündet in Folge des langen Contaktes mit dem stark karbonisirten Blute innerhalb der dilatirten und nun unelastischen Zweige; es werden Coagula daselbst deponirt, welche jene von der weitern Einwirkung, Ulceration oder Zerreissung schützen. Nachträglich tritt doch Bluterguss ein aus den Zweigen der Lungenarterie u. s. w.

Zum Schlusse will ich noch zwei auf die bemerkte Erkrankung der Lungenarterie sich beziehende interessante Vorgänge besprechen.

I. Gibt die Erforschung der Erkrankung der Lungenarterie und das in diesen Zeilen darüber niedergelegte Resultat uns Anhaltspunkte an die Hand, woraus wir in Bezug auf die ursächlichen Momente uns einen Schluss auf das gleiche Verhalten der Erkrankung im Aortensystem erlauben dürfen?

Wir haben gesehen, dass zur Entstehung der krankhaften Beschaffenheit der Häute der Lungenarterie ein wesentliches Moment vorhergehe, nämlich das der Erweiterung der Arterie, und dass in Folge dieser Erweiterung bei dem Vorhandensein einer mehr oder weniger heftigen stossweisen Bewegung des Blutes in den Wänden eine Art wenn auch unvollkommener und verderblicher Massenzunahme in Form eines chronischen Entzündungsprozesses hinzutrete.

Ich glaube, dass, wenn man dieselbe Ursache mit ihrer Folge auf das Aortensystem überträgt, man in Bezug der Erklärung der krankhaften Beschaffenheit der Arterienhäute dieses Systems wenigstens etwas gewonnen habe.

Versuchen wir aphorismenweise diese Analogien und den Gewinn daraus anzugeben:

1) Die Erkrankung der Arterienwände ist bekanntlich am exquisitesten im Aortenstamme, zumal der *pars ascendens.* Im höhern Alter, wo die Arterienwände nachgiebiger werden, erleidet auch die Aorta und speziell ihr aufsteigender Theil dadurch eine grössere Erweiterung. Diese zusammengenommen mit dem fortdauernden mechanischen Reize von Seite des gegen ihre Innenwand stossweise anprallenden Blutes gibt die Momente zur Entstehung des chronischen Entzündungsprozesses in den Wänden. Dieser beginnt und erreicht seine höchsten Grade zumal an der convexen Wand dieses Gefässstammes, weil hier beide Momente am stärksten ihre Wirkung äussern.

2) In gleicher Weise sehen wir auch im übrigen Aortensystem die Erkrankung vorzüglich dort in bedeutenden Graden auftreten, wo der Stoss des Blutes nicht gleichförmig auf den Ringumfang der Arterienwände, wie z. B. in der *Carotis communis* sich vertheilt, sondern, wo besonders die eine Wand dem Stosse mehr ausgesetzt ist als die andere, wie dies bei Krümmungen, bei Theilungsstellen u. s. w. der Fall ist; z. B. bei der Carotis im Verlaufe des *canalis caroticus,* bei der *ophthalmica, vertebralis, iliaca communis etc.*

3) Dass der krankhafte Prozess in den Arterien so häufig auf das ganze Aortensystem oder auf einen grossen Abschnitt desselben ausgebreitet ist, widerlegt nicht die Möglichkeit der Entstehung desselben aus den angeführten Momenten. Wir kennen noch lange nicht genugsam die verschiedenen Ver-

änderungen des Volumens der Blutmasse, die krankhafte Expansion derselben u. s. w. als Grundlage oder Begleiterin der verschiedenen zeitweiligen und andauernden Hyperaemien, um läugnen zu können, dass nicht eine oft wiederholte, oft das Maass der gewöhnlichen Erweiterung übersteigende, mehr oder weniger lang andauernde Ausdehnung eines grossen Theils des Aortensystems vorkommen könne, die dann im Vereine mit einer durch was immer verminderten Contractionskraft eine bleibende Erweiterung und die Entstehung des chronischen Entzündungsprozesses in den Wandungen herbeizuführen im Stande wäre.

4) Die grosse Häufigkeit des Vorkommens von Herzkrankheiten (besonders Hypertrophie und Dilatation) und des krankhaften Prozesses der Arterienwände ist bekannt. Der Nexus zwischen beiden ist nicht immer derselbe. Gewiss ist, dass die ersteren häufig dem letztern vorhergehen. Lässt sich dieser Einfluss nicht dadurch leicht erklären, dass durch die kräftigere Zusammenziehung des Herzens, wodurch oft der ganze Thorax erschüttert und gehoben wird, ein kräftigerer und vielleicht zu heftiger Reiz auf die Arterienwände und eine bedeutendere Erweiterung desselben vermittelt wird?

5) Schon Rokitansky gibt an, dass die Erkrankung der Arterienwände nicht blos dem höhern Alter angehöre, sondern auch bei jüngern Individuen, selbst in den 20ger Jahren, in der Pubertätsperiode, und im kindlichen Lebensalter — wenn auch selten — vorkomme; dann sei es aber meist eine örtliche Krankheit, bedingt in angebornen oder frühzeitig erworbenen Anomalien der Gefässtämme und

des Herzens. Welches hier die näheren Ursachen sind, wird leider nicht angegeben; doch vereinen lässt sich der Prozess, der seiner Qualität nach dem sogenannten constitutionellen Leiden der Arterien (im hohen Alter) ganz gleichgestellt werden muss, nicht mit der Annahme einer Blutkrankheit — sondern, wenn man die einzelnen Fälle des Vorkommens in jüngern Jahren durchgeht, so stösst man auf eine vorhergegangene, durch was immer bedingte Erweiterung des Gefässrohrs. — Es sei hier das Vorkommen der Erkrankung der *Aorta ascendens* in Folge von Obliteration der *Aorta* in der Gegend des *Ductus Botalli* nur beispielsweise erwähnt.

6) Rokitansky sagt: „Es gibt eine primitive und „substantive chronische Entzündung der Zellscheide „der Arterien, welche durch die Erweiterung des „Gefässes die Entstehung einer lokalen Auflage-„rung veranlassen kann.“

Wir dürfen nur das Wort „Auflagerung“ durch den Namen „chronische Arteritis“ vertauschen, und der Prozess findet gerade in der angegebenen Ursache seine volle Erklärung.

7) Die traumatischen Aneurysmen sind in Bezug ihrer Entstehungsweise nicht genau gekannt, da man sie erst spät, nachdem bedeutende Veränderungen vor sich gegangen sind, zur Untersuchung erhält. Man kann füglich annehmen, dass durch die traumatische Einwirkung eine Paralyse der Ringfaserhaut an der betreffenden Stelle, eine Ertödtung der Contraktilität und somit nothwendiger Weise eine Erweiterung des Lumens an dieser Stelle entstehe, in Folge welcher Erweiterung constant in

den Wandungen ein chronischer Entzündungsprozess auftrete.

8) Crisp (über die Krankheiten der Blutgefässe 1848)
sagt: „Ich glaube, dass diese Beschaffenheit der
„Arterien gleichviel, ob sie in Folge einer Ent-
„zündung oder auf andere Weise entsteht, häufig
„als das Resultat einer Dehnung und Zerrung an-
„gesehen werden muss, denen die Arterien ebenso
„wie andere Theile des Körpers ausgesetzt sind,
„und wahrscheinlich ist es als eine weise Einrich-
„tung der Natur anzusehen, dass sie den Cirkula-
„tionsapparat im höhern Alter dem geringern Blut-
„bedürfnisse der Sekretionsorgane angemessen um-
„wandelt (?)"

9) Das so häufig und in so hohen Graden vorkom-
mende Erkranktsein der Milzarterie, der *arter. coronaria cordis, art. uterin.* u. s. w. findet vielleicht
seine Erklärung in den Organen selbst, deren
enorm wechselndes Volumen bald eine geringere
bald stärkere Blutzufuhr erheischt, also eine an-
fangs wechselnde, allmählig aber bleibende Erweiterung der Arterien nach sich zieht. Nicht immer
ist dabei auch eine dem Grade nach entsprechende
Erkrankung der übrigen Arterien vorhanden.

10) Das häufige Erkranken der Gehirngefässe findet
seinen Grund theils in den häufigen verschiedenar-
tigen Hyperaemien, die das Centralorgan zu erlei-
den hat, und durch welche eine mehr oder weniger
andauernde und bleibende Erweiterung der Gefässe gesetzt wird; theils ist die Erweiterung durch
einen ähnlichen Schwund der Gehirnsubstanz bedingt, wie wir es oben beim Lungenparenchym erörtert haben, und die Erkrankung der Arterien-

häute ist dann die unausbleibliche Folge. Die Kliniker geben gewöhnlich das umgekehrte Verhältniss an, dass nämlich erst durch die Erkrankung der Gehirngefässe die Hirnatrophie hervorgerufen werde.

11) Wichtigen Aufschluss für die Erklärung des Prozesses würde eine genügende Beantwortung der Frage ergeben, warum gewisse Arterien nur höchst selten, und mit höchst seltenen Ausnahmen gewöhnlich nur in einem sehr untergeordneten Grade erkranken, z. B. die *Arteriae mesentericae*, noch mehr die *coeliaca*, die *coronaria ventriculi*, die *hepatica*, die *arter. epiploicae*. Die Antwort auf diese Frage wurde bis jetzt noch gar nicht versucht. Sie scheint auch eine sehr schwierige zu sein. Ich habe, seitdem ich zu deren Lösung beitragen wollte, das Arteriensystem in Fällen von Erkrankung genau untersucht und glaube, dass eine von den vielen Ursachen darin liegen könnte, dass die Erkrankung der *Aorta abdominalis* besonders bei Weibern meist eine exquisite sei. Durch diese Erkrankung der Bauchaorta werden die Abgangsöffnungen obiger Arterien mehr weniger verkleinert; die Ursprungsstellen sind auch mehr weniger rechtwinklich. Die Folge ist, dass in diese Arterien verhältnissmässig weniger Blut gelangen kann, die Arterien dadurch weniger ausgedehnt werden, und dass auch die stossweise Bewegung des Blutes in denselben sich nicht so geltend machen kann, wie bei andern Arterien.

Ich schliesse diese Mittheilungen über den krankhaften Prozess der Arterienhäute, schon desshalb, weil es nicht in meinem Plane lag, diesen so hochwichtigen

Theil der Pathologie ausführlich abzuhandeln. Ich
wollte blos zeigen, dass bevor man zu unhaltbaren Hypothesen seine Zuflucht nimmt, um den Prozess zu erklären, man früher alle andern, namentlich die mechanischen Verhältnisse genau erwogen haben müsse. Meine
Tendenz war ferner, zu zeigen, dass das Moment, welches meist als Folge der Arterienerkrankung angesehen
wird, nämlich die Erweiterung des Gefässes, auch
als ursächliches Moment derselben aufgefasst werden
könne.

II. Die Besprechung eines zweiten Vorganges in
Betreff der Erkrankung der Lungenarterie soll vorzüglich dazu dienen, um möglichen Einwürfen im Voraus
zu begegnen. Wie schon oben erwähnt, sind hochgra-
dige Erkrankungen der Wände der *Art. pulm.* selten,
während niedere Grade sehr häufig angetroffen werden.
Diese niedern Grade bestehen meist in einem atheromatösen Prozesse d. h. in einer fettigen Entartung der
Häute in der Form, dass in der erweiterten Arterie
an zahlreichen Stellen gelbe undurchsichtige Pünktchen,
Streifen, Flecke u. s. w. abgelagert sind.

Dass diese fettige Entartung nicht gleichgültig,
nicht ohne Folgen sei, haben wir gleichfalls angegeben,
und die Autoren, worunter Crisp, haben Unrecht, wenn
sie glauben, dass diese fettigen Ablagerungen nicht
wesentlich zu den krankhaften Zuständen der Arterien
gehören. Ja Crisp stellt noch eine andere ebenso un-
haltbare Hypothese auf, wenn er anführt „die Arterien-
„häute alter Leute enthalten wie die Knochen und an-
„dere Theile so viel Fett, dass man sich nicht darüber
„wundern darf, wenn die Ablagerungen in den Arterien
„mit dieser Substanz imprägnirt sind, und dieselbe mag
„gewissermassen vermittelst ihrer Schlüpfrigkeit zur

„Verhütung einer widernatürlichen Trockenheit der Ar-
„terienhäute dienen" (!!).

- Dass ferner diese fettige Entartung der Arterien
mit der vorhergehenden Erweiterung derselben in einem
ursächlichen Nexus steht, haben wir oben zu zeigen
versucht und es sei erlaubt, hier noch auf eine Analogie aufmerksam zu machen, die mir so oft aufgefal-
len und von grosser Wichtigkeit zu sein scheint. Es
ist die in Folge von Erweiterung eintretende
sogenannte fettige Hypertrophie des Herzmus-
kels, welche nicht selten zu gleicher Zeit mit einer
fettigen Entartung der Lungenarterie angetroffen wird;
und zwar nicht blos bei alten, herabgekommenen, sondern selbst bei jungen, sonst muskelkräftigen Individuen,
vorzugsweise in Folge von mechanischen Hindernissen
in der Cirkulation.

Es lässt sich in manchen Fällen nachweisen, dass
diese fettige Hypertrophie z. B. im rechten Herzventrikel bei einer vorhandenen Stenose des linken venösen
Ostiums, oder bei irgend einer Lungenkrankheit mit
Undurchgängigkeit ihres Gewebes für das cirkulirende
Blut dann auftritt, wenn in Folge der continuirlichen
Blutstase in und vor den Lungen schnell eine bedeutende Erweiterung des rechten Herzabschnittes gesetzt
wird, welcher natürlich bald eine Massenzunahme des
Herzfleisches sich hinzugesellen muss. Diese Massenzunahme besteht aber schon auf den ersten Blick nicht
in einer Vermehrung der rothen Fleischmasse, sondern
in einer Entwicklung von Fett, das mit freiem Auge
ganz deutlich in Form gelblicher Ablagerungen zwischen
die rothe Muskulatur wie eingesprengt erscheint. Auf
diese Fettbildung in den hypertrophirten Herzen hat
Rokitansky aufmerksam gemacht. Er betrachtete sie

als eine Entwicklung von freiem Fett in fein vertheiltem Zustande zwischen den primitiven Muskelbündeln, wobei ihre quergestreifte Scheide zerfällt, das Fleisch entfärbt, morsch und brüchig wird.

Woher kommt aber diese Fettbildung? Durch die Annahme einer Umwandlung der vorhandenen Muskelfibrillen zu molekulärem Fett, wird noch nicht die augenscheinliche Massenzunahme der Wandungen der erweiterten Herzhöhle erklärt. —

Es muss jedenfalls eine neue Ablagerung im Muskelfleische vorhanden sein, warum aber diese unter der Form des Fetts auftritt, bleibt ein Problem; und gerade leistet nach Rokitansky überhaupt die Untersuchung hypertrophischer Herzen, zu der sich doch die Gelegenheit häufig darbietet, durch ihre Resultate zur Aufhellung des Problems desto weniger, je bedeutender die Hypertrophie ist.

Es mag diese Erscheinung auf derselben Ursache basirt sein, wie die fettige Entartung der Ablagerung in den Arterienhäuten. Ist ja doch diese auch bisher in ihrem Wesen noch unergründet. Wenn es nicht geläugnet werden kann, dass diese fettige Metamorphose wenigstens beim Atherom der Arterien dadurch entsteht, dass eine neue Ablagerung sich zu Fett umstaltet, so ist es wohl nicht so absurd, wenn wir die fettige Entartung des hypertrophirten Herzfleisches in einem ähnlichen Vorgange begründet ansehen, und daher mit einer blossen Involution der schon vorhandenen Elemente nicht in Zusammenhang bringen können. Es beruht dann der Prozess jedenfalls in einem abnormen übermässigen Ernährungsvorgange und das Produkt desselben erscheint uns als Fett. Immerhin ist es interessant zu wissen, dass ein solcher Prozess in den

Arterien wie im Herzen in Folge einer schnell entstandenen Erweiterung zum Vorschein kommt.

Der Vergleich der durch die Erweiterung erkrankten Arterien mit der Entstehung einer Massenzunahme des Herzfleisches lässt sich, wenn man will, auch weiter ausspinnen, wenn man Fälle sieht, wo in Folge eines ganz gleichen mechanischen Hindernisses in der Circulation das vorhandene Muskelfleisch oder das Endocardium wirklich an Masse zuzunehmen scheint (analog der Umgestaltung des in den Arterien abgesetzten Blastems zu einer der normalen Arterienhaut ähnlichen Fasermasse); oder wo sich in Folge des übermässigen Ernährungsprozesses (chronischen Entzündungsprozesses) im Herzfleische kleinere oder grössere faserstoffige Exsudatmassen bilden, die eine fibroide, narbenähnliche Umwandlung eingehen = partielle Myocarditis; (wie wir einen analogen Vorgang auch in den Arterienhäuten antreffen).